3

汪国真

全新作品集

作家出版社

目录

学校的一天

晨练

天将晓

同学醒来早

打拳做操练长跑

锻炼身体好

早读

东方白

结伴读书来

书声琅琅传天外

壮志在胸怀

听课

讲坛上

人人凝神望

园丁辛勤育栋梁

新苗看茁壮

赛球

篮球场

气氛真紧张

龙腾虎跃传球忙

个个身手强

灯下

星光闪

同学坐桌前

今天灯下细描绘

明朝画一卷

处女作，原载 1979.4.12《中国青年报》

乡思（二首）

望

他独自徘徊在海滩上，
极目向海天尽处眺望。
呵，对面那金色的海岸，
就是美丽富饶的家乡。

海潮冲掉了他深深的脚印，
却抚不平他那深深的忧伤。
因为在他的心房里，
有一个燃烧了三十年的愿望……

梦

他在梦中甜甜地微笑，
梦见自己化作一只海鸟，
展翅飞过波涛汹涌的大海，
扑进故乡温暖的怀抱……

用颤抖的双手，
抚摸家乡的一岩一峭，
用含泪的双眼，
辨认久别的一径一道。
用呜咽的声音，
喊出埋藏已久的话——
啊！故乡，故乡！
游子回来了！

原载1980.10.23《广东侨报》

窗

你在窗外
我在窗里

如果你寻求爱情
我挂一层薄纱

如果你寻求友谊
我把薄纱撩去

爱情
需要观察仔细

友谊
需要透明清晰

原载 1986.3 《青年文学》

不必是

不必是春雨

也不必是寒冰

既然长大了

自然会生出

玫瑰色的憧憬

让该生长的生长

让该开放的开放

何必对青春

设置过分的禁令

少男少女的路

——坎坷

大男大女的路

——泥泞

首发于1986.4《七彩虹》

因为你是船

怎能不留住你
因为你是船
我是一湾蓝色的港湾

怎能留得住你
因为你是船
前方，大海在召唤

首发于 1986.4《七彩虹》

五月，在校园

五月的鲜花

簇拥着五月的校园

五月的校园

呵护着五月的青年

在五月风华正茂的阳光下

他们让胸膛

渐渐涨满汹涌的蔚蓝

她们让双臂

缓缓拉起梦中的白帆

我们谈论动荡的世界

也谈论改革的中国

我们设计绚丽的今天

也设计辉煌的遥远

我们纪念五月

五月也把我们纪念

1986.5.3《中国教育报》

我们是青年

序

我们是青年
正处在风华正茂的时刻
人生的路还很长很长
　　我们该怎样想
怎样说、怎样做
　　面对茫茫大地
巍巍昆仑、滚滚长江
我不禁深深地思索

一

我们是青年
我们应该是脚踏实地的理想者

请不要说
　不要说什么

我的理想已经破灭
　　心灵上的创伤难以愈合
请不要说
　不要说什么
我现在的信念是
　　两耳不闻窗外事
　　一心经营安乐窝

年轻的朋友
请听，请静静地听
历史的回音壁里
那是谁用深沉的声音在说

文王拘而演《周易》
仲尼厄而作《春秋》
屈原放逐，乃赋《离骚》
左丘失明，厥有《国语》
哦，那是史学家司马迁

回肠荡气的吟哦

是呵，古人落难
尚能不甘沉沦发奋作为
　　难道我们年纪轻轻
竟可以在风云激荡的时代面前
一蹶不振，甘心寂寞

年轻的朋友
把忧伤、彷徨、苦闷
抛到九霄云外去吧
我们正年轻
我们该有的是
　　　指点江山的风采
　　　关山飞渡的从容
　　　大江东去的气魄

年轻的朋友

让欢乐的缠绵

赌场的狂热

让一让位置吧

我们正年轻

我们需要的是

　　　白杨的筋骨

　　　红叶的品性

　　　松树的风格

青年时代

正是充满美好理想的时代

好啊，就让我们做脚踏实地的理想者

　　　用我们的热血

　　　用我们的汗水

　　　用我们的青春

去创造我们理想中的美好生活

二

我们是青年
我们应该是年轻有为的创业者

哦，纵横九百六十万平方公里土地
上下五千年的文明古国
留下了多少
　　英雄的故事
　　英雄的传说

熟悉，太熟悉了
源远流长
脍炙人口的《三国》
敬佩煞了，二十五岁
便铲平群雄平定了江东的
"小霸王"孙策
羡慕煞了，二十七岁

便已在草庐中作了隆中对策的
"卧龙"诸葛

翻开现代中国革命的历史
熟悉，更熟悉了
    南昌起义的枪声
    秋收暴动的火炬
    井冈斗争的星火
哦，又是一串更加响亮的名字
青年有为的
    毛泽东
    周恩来
    朱德

年轻的朋友
面对蒙上尘埃的古老历史
请不要总是埋怨自己生不逢时
面对刚刚逝去的峥嵘岁月
请不要过多地感叹

如果，我

我们来得正是时候

我们肩负着历史赋予的重托

还记得吗

油画《父亲》手中破旧的粗瓷大碗

古铜色的额前

那饱经风霜的沟沟壑壑

你知道吗

贫穷、落后、愚昧

这些令人诅咒的字眼

还常常联系着

我们可亲可爱的祖国

有这样一个古老的传说

共工与颛顼争帝

怒而触不周山

地为之陷

天为之折
可共工和我们比起来
又算得了什么
我们的力量
　　排山倒海
我们的气势
　　无限磅礴

要么我们不说，说了
就要浩气激荡
　　天惊石破
要么我们不做，做了
就要江流改道
　　山河易色

让葛洲坝工地的夯声
引滦入津工程的炮响
只做个小小的序曲吧

16

我们要奋力擎起如椽巨笔

在中国的大地上

谱写出一曲曲

　　更加高亢嘹亮的创业之歌

三

我们是青年

我们应该是忠实勇敢的保卫者

哦，远去了

古时中原逐鹿的铁马金戈

消失了

当年军阀混战的连年烽火

结束了

帝国主义列强在中国的统治

我们的前辈

已在战争的废墟上

建立起一个崭新的人民共和国

我们是在和平的襁褓中
长大的祖国儿女
陪伴我们成长的是
　　　金色的太阳
　　　晴朗的天空
　　　鲜艳的花朵
但是，我们深深地懂得
世界还很不安定
战争狂人
随时有可能点起新的战火

年轻的朋友
切莫做游荡子
整日里追欢寻乐
切莫做纨袴儿
成天价卿卿我我

虎狼在前
我们怎能不随时警惕
风云变幻
我们必须时刻准备着

不过，我们还是要说
放心吧，蔚蓝的大海
放心吧，奇峻的高山
放心吧，茂密的森林
放心吧，美丽的湖泊
有好儿女守边陲
便是雄关座座

漫道它有黑云压城
我们，便是压不垮的长城
　　耸立巍峨
休说它有狂风凌我
我们，便是封不住

断不了的滔滔黄河

我们没有忘记
曾怀着仰慕的心情
拜谒了西子湖畔的岳飞金像
我们没有忘记
曾含着难以抑止的泪水
吟读了文天祥的《正气歌》
我们深深地理解
陆游这样的诗句
　　位卑未敢忘忧国
我们永远崇敬地怀念
近代的爱国志士
　　杨靖宇
　　赵一曼
　　闻一多

祖国的大地山川

20

滋养了我

祖国的小米高粱

哺育了我

    我们的性格

也像先人一样刚烈

    我们的血液

也像前辈一样滚热

我们也像前人一样懂得

    高于一切的是祖国

放心吧，亲爱的母亲

放心吧，亲爱的祖国

一旦边关有事

祖国的召唤

我们中间站出来的将不是

一个

两个

三个

而是

百万

千万

万万

整整一代呵

高唱着

前进，把我们的血肉

筑成新的长城的共和国国歌

四

我们是青年

我们应该是辛勤劳作的耕耘者

中华民族

是一个勤劳、勇敢、质朴的民族

勤劳是我们民族的传统美德

让我们辛勤地耕耘吧

眼睛不要总是盯着收获

22

我们的胸怀要宽

莫要为了几块钱奖金

便哭鼻抹泪地患失患得

我们的眼光要远

莫要为了一级工资

便喊天骂地地觅死寻活

我们都很喜欢范仲淹这样的名句

先天下之忧而忧

后天下之乐而乐

是呵，这是何等的胸襟

何等的气魄

年轻的朋友

请不要总是抱怨

自己的职业低人一等

请不要总是感叹

自己没有一个称心如意的工作

请不要让宝贵的岁月空蹉跎

朝霞，是那样壮丽
我们就做这绚丽晨曦中的
　　　霞光一缕
海洋，是那样浩瀚
我们就做这坦荡大海中的
　　　一道清波
春天，是那样美好
我们就做这艳丽春色中的
　　　花儿一朵

当代文豪郭沫若
曾这样期望人们
不要让诗人占尽了
　　　嫦娥奔月
　　　龙宫探宝的美丽传说

哦，多才的郭老

哦，多虑的郭老

　　我们可没有那么安分

　　我们不但不让诗人

　　占尽那些美好的传说

　　我们还要用我们创业的精神

　　辛勤地劳作

　　去感动诗人

　　让他们情不自禁地

跑上前来

为我们写下

　　一百篇新的传说

　　一千篇新的传说

　　一万篇新的传说

五

我们是青年

我们应该是披荆斩棘的开拓者

儿时吃粽子的时候
就已知道了汨罗江的故事
还在爱用小手擦鼻涕的时候
屈原，这个不朽的名字
便已在心头深深镌刻
诗人已死去了
但是他的精神仍然活着
路漫漫其修远兮
吾将上下而求索

年轻的朋友
让我们记住这种精神吧
前进的道路还
　　有荆棘、有沟壑
正需要我们去奋力开拓
现存的制度还

有弊端、有缺陷
正需要我们去
　　无畏地改革

年轻的朋友
请不要总是抱怨
　　困难，为什么会这样多　这样多
请不要总是津津乐道地
谈论人家外国如何如何
是呵，困难很多
　　多得像数不清的山峦
可是，没有困难
　　又要我们做什么
是呵，我们在诸多方面
　　还不如外国
然而，敢于向强者挑战
　　才是真正的强者

面对现实

面对亲爱的母亲祖国

我们切不可采取

躲避的态度

没有门路的

　　一心想着安乐

有了门路的

　　一味想着出国

不，不呵

躲避

这个词句不属于青年

属于我们的是开拓

　　是拼搏

容国团曾这样说过

　　人生能有几回搏

是呵

我们正处在人生

28

最美好的青春时刻
　　　我们的筋骨像钢
　　　我们的热情似火
此时不搏
更待何时搏

来吧
　　　张华的同学们
来吧
　　　步鑫生式的改革者
来吧
　　　张海迪的同龄人
来吧
　　　你们
来吧
　　　他们
来吧
　　　我们

来吧

年轻的朋友们

让我们去创造

让我们去耕耘

让我们去开拓

让我们去改革

昨天的太阳和今天

不一样

在我们手中出现的

必将是一个

如朝霞般灿烂

如太阳般辉煌的

强大的人民共和国

1986.6.1—6.11 创作于北京

奉献

为了那轮十五的月亮

不被蒙上丝毫阴影

他慷慨地奉献出烂漫的青春

为了那棵被雷电击伤的木棉

依然像从前那样蓬勃火红

她毫不保留地奉献出少女纯真的爱情

因为奉献

他很自豪

——自己是一个男人

因为奉献

她很骄傲

——自己是一个女人

奉献，使他的身影

成为一座伟岸的山峰

奉献，使她的眼睛

成为两颗明亮的星星

1986.7.31《军人·少女·太阳》

漓江吟

山峰映在水里

星星亮在山上

这如诗如画的风景

暮也斑斓　晨也辉煌

轻舟似梦

神思似桨

古往今来

那语惊四座的文臣

那驰骋疆场的武将

哪一个不

流连忘返　如痴如狂

更何况那

凡夫俗子　芸芸众生

又怎能不

醒也桂林　梦也漓江

1990.9《桂林山水新诗选粹》

漓江出版社出版

海誓山盟

如果爱了

还用得着什么海誓山盟

如果不爱

海誓山盟又能有什么用

一句话，可以和一万句

表达得一样多

其余的　还是留给

羔羊般的眼睛

和礁石般的心灵

不要担心哪一天风暴来临

更无须有什么生生死死的约定

把爱情存给高山

不如融进大海

把爱情交给土地

不如刻在天空

1990.11《女友》

亲

恨江河留不住，

恨岁月留不住，

那一份童趣真美妙，

让人都不想成熟……

1991 年第 1 期《明日》

为耿大鹏摄影配诗

永难重逢的时刻

假如没有说破
那是一种永远的诱惑
如今都已说破
反而成了无尽的折磨

生活，你凭什么
让无辜的我们
扮演这样尴尬的角色
让我们彼此剖白在
永难重逢的时刻

机缘这样慷慨
让我们相识在栀子花开的季节
命运如此吝啬
当我们并不迟疑地
想拉住对方的手
船儿还是相错而过

首发于 1991.3《明日》双月刊

桂林山水

山也晶莹
水也透明
长篙轻轻一点
更生出无限风情

有雾的时候盼雾散
没云的时候盼云生
若笑　便笑得花红柳绿
若哭　便哭得烟雨迷蒙
无论悲欢都是美
山重似曲　水复如屏

首发于 1991.4《明日》

感怀

在春光烂漫的时候
却不禁生出一缕惆怅
青春已流逝了那么多
可青春的收获却令人失望

纵有已采撷的荣耀美丽如花
也抚不平心头的忧伤
春天本来就是开花的季节
有枝也寻常　有花也寻常

真想有长剑如虹
所向披靡　锐不可当
徒唤奈何　仍旧只能
过着平平的日子　挨着淡淡的时光

1991年第7期《时代青年》

因为年轻

因为年轻
所以我们总是怀着
深深的渴望
渴望蓝蓝的空气
和金色的雨
渴望清晨很神圣
傍晚很吉祥

飘飞的蒲公英
系着我们洁白的梦
大片大片的苜蓿
是爱情生长的故乡
我们没有太多的往事回味
因此，灵魂很轻盈
我们有太多的未来要去追寻
所以　思想有重量

1991 年第 7 期《时代青年》

门

门
有时候
变成一座牢笼

自由
只剩下
一双眼睛

1993.10.15《南方周末》

你会回来吗（歌词）

每当再见到这片风景

不由得触景生情

在这里我们踏过小径

在这里我们数过星星

可是今天你在哪里

只留下我孤独的身影

真想也远走高飞

又怕不能与你故地重逢

你会回来吗

同我再踏上这条小径

你会回来吗

同我再数一遍星星

1994年第2期《辽宁青年》

每天清早我们擦肩而过

每天清早我们擦肩而过
渐渐地有点什么想要诉说
从眼睛里读到了彼此的渴望
而脚步却拉大了你我的隔膜

每天清早我们擦肩而过
渐渐地有点什么想要诉说
只是不知怎样才能有一个开头
像小溪自然地流入江河

每天清早我们擦肩而过
渐渐的有点什么想要诉说
许许多多日子就这样无声流过
不知是害怕打破沉默
还是喜欢沉默

1994.2《Miss 小姐》

回忆

其实并没有多少经历
可有时却总爱回忆
或许因为往事的美好
或许因为往事中有个你

我知道明天还会回忆今天
因此不想把日子过得平淡无奇
我要不停地努力
让记忆里多一点绚丽

1994.2《Miss 小姐》

不只在梦中

你挥手消失在人群中
留下我独自伴秋风
秋风里地上一道长长的身影
和我彼此倾诉着内心的苦衷

你是我很多年的心事
庆幸今天能够与你无意中相逢
为什么分别没让你留下地址
什么时候能再见你亲切的面容

对世人我只有心情和表情
唯独对你才有柔情
祈祷上苍能让我再见到你
不只在梦中

1994.6《青春潮》

在友人家做客

狭小的空间

失去了舒适

却没有失去温馨

那挂在墙上的鹿角

使我忆起过去

向往森林

有的人

见过一眼

形象便贯穿于整个生命之中

怀念

就像岁月的雪地上

时浅时深的印痕

1994.10《青年之友》

秋韵

古刹的钟声震落秋叶片片
阳光茂密如雨点
山泉从这里流向远方
仿佛一个淳朴的流浪汉
边走边拨动铮玬的琴弦

候鸟是季节写给天空的留言
金色是大地留给岁月的封面
这个时候心境很舒缓
有一个心愿　想与未来谈

1994.11.11《南方周末》

北方的冬天易过

北方的冬天易过
门和窗户
分隔出两种
截然不同的生活

生命的艰辛易过
那也不过是冬天的北方

1995.2.3《南方周末》

寻找

很早就开始寻找
可是　不知为什么
爱情非要迟到

令一颗心
柳絮一样随风流浪
不知何处　才能抛锚

想有一个童话中的小屋
屋里有灯光和温馨萦绕
问大地还要等多久呢
山川不老　岁月会老

首发于 1995.9《知音》

江南水乡

水乡

水乡

江南的水乡

是一幅多么生动的景象

水乡人在画里忙

写意人在画外忙

2002.11.13《中国国门时报·口岸周刊》

为蒋锡础摄影配诗

松

在石缝中生长

便长成了一种象征

便有资格

笑那雨

笑那风

笑那冰雪

笑那痴心妄想的种种

2002.11.13《中国国门时报·口岸周刊》

为王福根摄影配诗

相约香格里拉

酒中豪情雾里花，
惟愿时光尽潇洒。
人间仙境何处寻，
香格里拉情如家。

2002 年冬

没有爱成的那个人

男人会老
女人也会老
后来
便成了老夫老妻
有一个人不会老
那是年轻时爱上的一个人
没有爱成的那个人
总是那么年轻

首发于2003.3《中国校园文学》

藏地男孩

——西藏掠影一

有一种纯朴

让人无法忘怀

有一种可爱

阳光也会青睐

有一种微笑

诠释着善良

有一种悠然

似清风扑面而来

而你都有

远在高原的

——藏地男孩

2003.3.25《中国国门时报·口岸周刊》

为王桦摄影配诗

西藏的河流
——西藏掠影二

清清的河流

静静地流淌

岁月的小舟

载着我们驶向前方

前方可有风

前方可有浪

什么样的风浪

都不能把我们阻挡

只能伴着我们成长

2003.3.25《中国国门时报·口岸周刊》

阿里古格王朝遗址
——西藏掠影三

再灿烂的王朝

也会走向沉寂

再热烈的燃烧

也会无声无息

能摆脱的是厄运

不能摆脱的是规律

2003.3.25《中国国门时报 · 口岸周刊》

西藏江南：林芝
——西藏掠影四

江南的景色里

找不到西藏

西藏的风光里

却可以看到江南

这是怎样的一种美

美得博大而且宽广

2003.3.25《中国国门时报·口岸周刊》

顽强的小草
——西藏掠影五

辉煌自有辉煌里的渺小

平凡自有平凡中的骄傲

阅尽绿色

谁能轻视那些顽强的小草

阳光下挺立

风沙中舞蹈

在贫瘠和荒凉之中

也许是惟一的美妙

有许多事物不能小瞧

微小却并非微不足道

2003.3.25《中国国门时报·口岸周刊》

翼龙
——西藏掠影六

河流

长上了翅膀

也许是因为

她渴望飞翔

我们

也有一个

不能泯灭的愿望

那是因为

心中的西藏

2003.3.25《中国国门时报·口岸周刊》

色拉寺的小喇嘛

——西藏掠影七

原来

笑也有一种力量

如果

能笑得像

头上的天空

一样晴朗

2003.3.25《中国国门时报·口岸周刊》

风浪
——西藏掠影八

风把积雪吹成了浪
浪花下面可是远古的海洋

泥土把平原塑成了山冈
可是为了让时代的目光
向远方眺望

按下的快门记录下了沧桑
可是为了在上面种下诗行

2003.3.25《中国国门时报·口岸周刊》

鸭绿江印象
——艺术天地一

金色的树

绿色的河

仿佛一首

连绵不绝的歌

风吹着

水流着

风吹水流中

世事悄悄变化着

2003.4.29《中国国门时报·口岸周刊》

为李录摄影配诗

农家
——艺术天地二

这是另外一种生活
这是另外一种风光
里里外外透着寻常

然而，当有一天
你厌倦了车水马龙
你厌倦了名利场
你会发现
这里才是梦的故乡

2003.4.29《中国国门时报·口岸周刊》

红叶
——艺术天地三

是自然里的叶

是生命中的旗

是亘古不变的诗意

是千里万里的痴迷

还是一种象征

昭示明天　印证过去

2003.4.29《中国国门时报·口岸周刊》

吉林雾凇
——艺术天地四

在冰雪中屹立

在寒冷中携手

凛冽中方显如此品格

——晶莹剔透

不要说天太冷

不要说北风吼

真豪杰总在临危受命

好风景尽在考验之后

2003.4.29《中国国门时报·口岸周刊》

祖居
——艺术天地五

是祖辈

居住的地方

免不了

有许多往事

让后人想

有一天

他们也会成为

祖辈

留下的又是

怎样一个画框

2003.4.29《中国国门时报·口岸周刊》

天使在人间

当"非典"伸出了
无形的魔爪
在这个本该
阳光明媚的季节里
人们却感觉到了一阵阵的凉

正是在这个时候
那些挺身而出的白衣天使
为我们筑起了一道道屏障
于是人们看到了
春季里的春季
感受到了春光中的春光

阴霾一片片散去了
憧憬一节节在生长

天使在人间

她们是美好

是希望是安详

首发于 2003.5《同心曲》

你的荣光

——献给护士

不是启明

却带来了希望的曙光

不是火炬

却照亮了生命前进的方向

不是泉水

却滋润着每一个渴盼的心房

不是花朵

却在人心的土地上绚丽地开放

每一个寻常的日子

对你来说都不寻常

每一个不寻常的日子

对你来说都很寻常

一天又一天

流逝的光阴

像迁徙的候鸟

飞呵飞　飞向远方

也许，只有灾难来临的时候

人们才能真正理解你

就像老船长理解海洋

也许，只有灾害离去的时候

人们才能真正了解你

你的辛劳　你的崇高

你的奉献　你的荣光

首发于2003.5.26《北京晚报》

内蒙古军马场坝上

——神州掠影一

因了眼前绮丽的景象

恨不能闯入坝上风光

恨不能像马儿一样疾跑

恨不能放开喉咙

亮一亮嗓

生活就该是画中的这样

该蓝的蓝

该白的白

该黄的黄

2003.5.27《中国国门时报·口岸周刊》

为王桦摄影配诗

云南 "莫奈"
——神州掠影二

云南的黑龙潭水

倒映出的却是

莫奈印象

许多许多年的从前

有谁能想得出

艺术原来可以这样

是呵，可以这样

可以那样

艺术上没有多少不可以

不可以的是缺少想象

2003.5.27《中国国门时报·口岸周刊》

云南森林

——神州掠影三

森林是陆地上的海洋

林涛起伏着绿色的喧响

来吧　到这里来吧

在这里你才能体会

什么叫筋脉相连

来吧　到这里来吧

在这里你才能知道

什么叫浩浩荡荡

2003.5.27《中国国门时报·口岸周刊》

京郊

——神州掠影四

老屋可是从前的树木
树木可是未来的门窗
当三月走来
免不了让人春怀秋想

老屋老了
不过老得挺有味道
树木不很年轻
如果再多一点沧桑

2003.5.27《中国国门时报·口岸周刊》

无题

——神州掠影五

绿树成荫　浓荫匝地

清清的湖泊

微微起涟漪

美得我们　不想言语

心在憧憬

眼睛在寻觅

心驰神往令我们

悄无声息

2003.5.27《中国国门时报·口岸周刊》

津郊
——神州掠影六

惊讶于如此的美丽

惊讶于美丽就在身边

如果没有一双慧眼

是不是金子也会

被埋没在沙石里面

美往往并不遥远

深刻也总在寻常的

字里行间

不过是三百六十五天中的一天

美常常是司空见惯中的发现

2003.5.27《中国国门时报·口岸周刊》

无题

——神州掠影七

水一层
山一重
山山水水都是情

走一路
看一路
走走看看皆入赋

乡亲问我何处来
我却不知归何处

2003.5.27《中国国门时报·口岸周刊》

三月

三月有色亦有声
柳绿花红鸟啼鸣
岂用天上寻异彩
何处枝叶不春风

甲申（2004）年秋书

思

是风轻轻张开翅膀
是水在大地上静静流淌
是竹亭亭长在青葱季节
是画淡淡挂在心灵的墙上

2004.9《中国校园文学》

伞

打伞的日子

都不是好天气

伞下的天空

却告诉我们

失望中也会有一种美丽

2004.10《中国校园文学》

悟

看清这个世界
需要一双明亮的眼睛
这双清澈的眸子
谁又能够读懂

2004.12《中国校园文学》

百年暨南（七首）

一　南京创建时的暨南

仿佛是蓓蕾初绽的春花
仿佛是破土而出的嫩芽
仿佛是风中成长的小树
仿佛是旭日东升的光华
那是我们的暨大

二　暨南假山荷池

还记得吗

那屋檐梦一样的翘角

还记得吗

那秋树风中的轻摇

还记得吗

那一泓清澈的池水

还记得吗

岁月　来也悄悄　去也悄悄

三　国立暨南大学

那是怎样的如歌岁月

那是怎样的世事沧桑

那是怎样的热血奔涌

那是怎样的团结救亡

庄重而无言的校门

让我们——

在纪念中回忆

在回忆中默想

四　蒙古包（学生膳堂）^①

多少记忆

多少欢笑

---

①　蒙古包（学生膳堂）是暨南园最有特色的景观之一，在
　　广大校友心中留下了永不磨灭的印迹，于 1961 年动工
　　兴建，1962 年竣工投入使用，1988 年拆除兴建邵逸夫
　　体育馆。

多少真情
多少思念
都定格在这
永远的蒙古包

五　师生共同修建明湖

昨日的一锹一土
建成了景色怡人的明湖
今天的一课一书
可是明日那闪烁光芒的珍珠

六　复办后首届开学典礼

那一天
天很蓝
那一天
风不大
那一天

晶莹的不是水花是泪花

那一天

美丽的不是云霞是脸霞

七　在暨南大学新校门前

宛如一道彩虹

在蓝天下

宛如一弯月亮

在夜色下

说不清

有多少憧憬

在这里集合

说不清

有多少希望

从这里出发

2006.9为暨南大学百年校庆纪念图册配诗

乾坤湾

黄河奔流去不还，
壮美最是乾坤湾。
雄姿一展惊天地，
直教诗人不敢言。

2007.6《中国作家放歌乾坤湾》

这一年的雪好大

这一年的雪好大
它没完没了地下
这一年的雪好大
它让好多人回不了家
这一年的雪好大
它让南方也成了北方
这一年的雪好大
没电灯的夜晚又点起了蜡

这一年的雪好大
好大的雪挡不住
亲人送来的温暖
这一年的雪好大
好大的雪让我们
感受到了天南地北的父老乡亲
兄弟姐妹是一家

2008 年第 2 期《黄河之声》

我们的心里有爱

风可以把树干折段
雪可以把道路掩埋
风和雪都不能摧垮我们
勇往直前的气概

风过了，晴朗会回来
雪化了，春天会回来
今天，在冰天雪地的日子里
我们的心里有爱

2008 年第 2 期《黄河之声》

谈书（四首）

一

流觞曲水成美谈，
一篇兰亭千古传。
笔底亦可涌风雷，
纸上风云岂等闲。

二

龙飞凤舞鬼神惊，
书家仗笔天下行。
莫道唯剑是利器，
软毫一支荡心平。

三

心驰神往慕先贤，
苏黄米蔡卷在前。

平时倚马出诗句，
圣人面前不敢言。

四

银钩铁划笔做刀，
读雨耕晴亦逍遥。
书家也能为诗句，
词不青涩笔更老。

2008.5.28《书法报》

竹

远望是清新

近观气如薰

风来何曾惊

雨去愈精神

2008.5.28《书法报》

己丑年汪国真并书（2009 年）

吴道子

吴带可当风，
秉笔意纵横。
水流山不移，
百代一画圣。

2011.9《中华魂诗书画杰出人物长卷》

齐白石

虾本寻常物，
画亦似普通。
远近细思量，
笔底有神功。

2011.9《中华魂诗书画杰出人物长卷》

兰

空谷一幽兰

花开也悠然

俗香岂能比

只因质不凡

庚寅（2010）年汪国真书法

92

无题（一）

多少真情故事，

风雨里，

变化皆成芳蕊。

有限花时，

洒落无穷韵味。

也曾偶生误解，

气难平，

雨似花泪。

待晴朗，

玉案上无酒也醉。

2010.11.21 腾讯微博

无题（二）

还未来得及说你好

便要匆匆说声再见

就这样地想着你

    那么近

      却又那么远

读着你写给我的诗行

突然间

思绪

    化不成了灵感

灵感

    组不成了语言

或许

这就是最复杂的简单

朋友啊

给你我最虔诚的祝福

祝福你

幸福　快乐　每一天

2011.4.19新浪博客

习惯

习惯了痛心

习惯了无言

习惯了就这样地一直走下去

而不管前面有没有岸

习惯了羁绊

习惯了欺骗

习惯了就这样地闭上眼睛

任现实在耳畔呼唤

当终于累得不能再去奉献

当终于伤得不能再去习惯

一路走来的我啊

拿什么把青春去换

而逝去的年少

　　——又岂是一声空叹

2011.4.19 新浪微博

96

路的尽头

路的尽头

有两样东西

一样

是还未变成路的路

一样

是驾着马车放声痛哭

2011.4.19 新浪微博

诗艺长河

坐上那条灰灰　暗暗的船

我看到了一片淡淡的忧伤和哀怨

那尘土飞扬的路旁

　　　有人偷偷地流泪

那看似风花雪月的亭台楼阁上

　　　有思妇在倚栏远望

年年白骨埋荒外

　　　不正是因为那战火纷飞的战场

拨开岁月的尘土

透过缤纷的世事

穿过漫长的时光

我看到诗意的中国

几千年

　　　淳朴美丽

　　　智慧而不张扬

没有人打扰的中国

把那悠悠的笛声丝丝的琵琶
　　——寂寞地
　　写在纸上

2011.4.19 新浪微博

无题（三）

手中的香茗已不知去向
只有窗台花散发着阵阵清香
暧昧的橙色开始变红
远处的音乐依然在响
……

明天不知道会怎样
只希望没有眼泪　没有悲伤
什么时候才能找回真实的自己
我不愿去想
……

前途迷茫
但心里却还有一点希望
我愿意相信
只要心里有阳光
明天　终会豁然开朗

2011.4.20 新浪微博

千年一瞬

一千年太短
一瞬间太长

我们双目对视的瞬间
我看到了从你眼神里流露出的无奈
这一太长的瞬间
我看到了真挚爱情的悲哀

于是
我抱起琵琶
舍弃故国故情的愫怀

千年后
仍有人记得这黄沙漫漫
仍有人记得
　　我失望而憔悴的容颜
只是
我的情

已太淡

一千年

    ——可真的太短

2011.4.20 新浪微博

读书

这是前人的智慧

这是未来的储备

这里有夕阳晚照

洞箫的长吹

这里有晨风拂柳

湖畔的明媚

此时，舒卷便是舒心

此刻，饮茶宛如寻醉

明镜从来不染尘

书本岂能落薄灰

何必皓首枉叹息

读是远见

不读是悔

2011.4.23《北京晚报》

无题（四）

我想做一个梦

一辈子都不要醒来

就这样地过着　过着

不必考虑成功与失败

就这样地过着　过着

不必想太多的单调与精彩

可是上天

偏让我在最不想的时候醒来

于是

一个诗人

在无奈中痛苦

在痛苦中无奈

2011.4.25 新浪微博

104

把一切重来过

不好的消息
宛如不速之客
立刻，一切归于沉寂
归于毫无兴致的沉默

远山影影绰绰
湖面上几个星儿闪烁
夏是红色
心是灰色
真想对命运喊
有没有搞错

唉，何必想是谁的错
只当是曲折
把一切重来过
一切重来过
挫败不少　努力更多

2011 年初

将夙愿追赶

听一听轻松的音乐
让疲惫的四肢舒展
看一看大海的蔚蓝
洗濯胸中的哀怨

以休闲的心态
去面对艰险
以赴死的决心
将夙愿追赶

哪怕理想远在天边
也要踮起脚尖
哪怕诱惑近在眼前
心已然成茧

抒新韵点燃智慧的灵感
抚古琴感受历史的温暖

2011 年初

时间禁不起潇洒

春光有限　恨却无涯
秋天来了
何处可觅　昨日的桃花

你或许可以挥霍钱财
可时间却禁不起潇洒
将来我们要饮　就饮庆功酒
那悔恨的酒　不饮也罢

2011 年初

你可别

你可别

留给亲人的只是心痛

你可别

让心灵成为一片荒凉的城

你可别

早早别了春天的笑容

你可别

寞寞失去了生活的热情

你可别

别叫贪欲在纯洁中出生

你可别

别令向往在青春时变冷

你可别

有一天羞愧地对时光说

等等　等一等

2011 年初

向着未来憧憬

不论多少次失败
只要最后一次成功
过去的失败
便不再是失败
而只是走向成功的过程

生活也是一种战争
没有谁能够全胜
失败并没什么
只要　不言放弃
永远向着未来憧憬

2011 年初

爱人如己

成功的道理

基本一条　爱人如己

爱人如己

是天凉时的风衣

爱人如己

是大旱时的雪雨

爱人如己

是面对前辈肩上的责任

爱人如己

是无愧子孙的一点一滴

给予不是为了获得

获得却是因为给予

2011 年初

永恒 ①

含泪

松开你还稚嫩的手

放你远走

给你自由

记得当时

正是深秋

娘的心像一棵树

寂寞挂满了枝头

真的想挽留

却不能够

人世间最珍贵的是亲情

  最难得的是自由

2011.4.29 新浪微博

————————————

① 　前几天看到一篇文章，大意是一个年轻人要离家闯荡，
　　母亲虽不舍却还是选择了含泪送别。

相信自己（之二）

能飘舞的
　　不一定是风
七色彩的
　　不一定是虹
能挺拔的
　　不一定是松

明天的故事
历史不会注定
要相信自己
是一只能搏击长空的雄鹰

2011.5.8 新浪微博

雨与人生

应该是一湾独特的宁静

但内心的感情很难在天际里自由地飞行

不是刻意地喜欢孤寂的世界

只因为那儿有风雨过后的彩虹

尽管

她行色匆匆

却给了我不尽的理由去经历雷电雨风

也许

风雨过后

只是一场虚无的空

但我依旧满足

人生如雨

重要的不是结果

而是飘落的过程

2011.5.22 新浪微博

白杨礼赞

脚下牢牢抓住一方泥土

头顶一片空旷的苍天

在雪与风中挺直躯干

风花雪月

岁月孤艰

也只算得上你生命的伞

纵然滋润不了万物

也要滋润每一片叶子的丹田

直到落叶归根

才在寒风中把身体舒展

2011.8.4新浪微博

荷花

雨去风来都是赢

赢在人心赢在情

高洁何须多言语

只作清香不作声

2012.2.5 腾讯微博

甲午（2014）年夏书法

那涌来的是潮

历史总是在曲折中向前

生活中有最精彩的表演

有多少今天的毁灭

是因了昨天的狂欢

有多少明天的喜悦

是因了今天的磨难

遮不住的　　那一时的尘烟

因为人们渴望明媚和蓝天

挡不住的　　那小小的舢板

因为那涌来的是潮　　是大海的波澜

2012.5.5 腾讯微博

蝶舞

单独

是花朵

集体

是花束

舞起来

是满眼纷飞的花团锦簇

这真是

真是一种

赏心悦目的征服

2012.6.28 腾讯微博

世相

有的人为什么一事无成
因为总在冒充深刻
为什么总在冒充深刻
因为一事无成

2012.6.29 腾讯微博

你淡然的凝望

你淡然的凝望

仿佛散发着栀子花的芬芳

你就是仲夏

吹来的那一缕清凉

你古色古香的风韵

幻灭了多少艳脂俗香

悄然中

你已把我带进了

易安的宋

青莲的唐

2012.6.30 腾讯微博

小丑

原想出彩
却踩塌了舞台
原想赌赢
却露出了底牌

出场
便成为笑料
这，也是一种天才

2012.7.4 腾讯微博

120

猫的勋章

一句朴素的真理
胜过无数花哨的定义
猫的勋章
是老鼠颁发的

2012.7.6 腾讯微博

岁月如诗

最难忘的一天

是与你相识

最浪漫的时节

是那些兰叶葳蕤的日子

不艳

因为那是你的衣袂

不俗

因为那是你的胭脂

因为有你

岁月如诗

2012.7.8 腾讯微博

魔术师

在现实里

祭起梦幻

在玄虚中

搬弄简单

2012.7.13 腾讯微博

等待日出

迷途

是因为

风雪覆盖了道路

是因为

不知何人能解

眼里的迷茫

心头的痛楚

要么寻找

寻找方向

要么等待

等待日出

2012.7.14 腾讯微博

追星族

常感叹

沧桑变幻

岁月流逝

曾经

那是怎样的一种

荣光与崇尚

毛遂自荐

请自隗始

2012.7.14 腾讯微博

初雪

有许多绚丽的誓言

终归成空

其实一片洁白无瑕

已足以让人动容

何须许多

省却红暖蓝冷

看那初雪如莹

干干净净

2012.7.20 腾讯微博

青蛙王子

最美丽的

往往都是童话

总有一个故事

能把心中的愿景表达

或许这就是奋斗吧

让童话成为现实

把现实变成童话

2012.7.23 腾讯微博

梦

梦不会说话

却会传达

就像那树叶

不会飞却会飘洒

多梦之时

多事之秋

有梦醒来

或是因为惊喜

或是因为惊吓

2012.7.26 腾讯微博

记忆之果

沉郁的感情

仿佛总是伴随着折磨

各取所需的相伴

那只是片段

构不成传说

即便经不住诱惑

也要经得住岁月

即便经不住岁月

也要让过去的一切

结一颗值得回味的记忆之果

2012.8.7 腾讯微博

如果本身发光

如果本身发光

何惧

太阳照不到的地方

如果阳光普照

为何

不把生活紧紧拥抱

2012.8.11 腾讯微博

有一种白

因香知非雪
因雪识佳人
有一种魅
魅过魅力
有一种白
白过白雪

2012.8.11 腾讯微博

把苦难当成故事

在完成使命的过程中
找到幸福
过去的艰辛
便不再是苦

乐观
是把苦难
当成故事
而不是事故

2012.8.25 腾讯微博

寻找绚烂

寻找绚烂

是因为平淡

喜欢阳光

是因为她能带来

那一片蔚蓝

晴朗的日子

我们嫌热

当明媚的时光即将远去

才发现

我们真的恋恋不舍

2012.8.26 腾讯微博

又一次出发

多少红尘往事　随风飘洒

秋去处　望尽落花

烂漫后的归隐

那是准备又一次出发

不能轻视的诺言

不可依赖的繁华

在独守中　让自己变得强大

2012.10.24 新浪微博

不因一念误千般

总有欲望趁夜来袭

总有诱惑如潮来卷

享受是沾

难受是不沾

淡定　怎对眼花缭乱

有时　一生的智慧

难决刹那的考验

这样的选择并不简单

——不因一念误千般

2012.10.27 腾讯微博

铭刻　是因为唯一

记住你　无须刻意

风总会吹开烟尘覆盖的记忆

梦总会推开遮掩往事的藩篱

还有长河　还有落日

还有原野　还有小溪

遗忘　是因为无视

铭刻　是因为唯一

2012.10.31 腾讯微博

幸福有时很简单

现实与理想之间

有一面无形的墙

放眼望去

白云下

有多少祈祷的目光

戈壁的尽头

又有多少颗心

像胡杨一样守望

失落源于曾经的期望

期望因为失落而受伤

幸福　有时很简单

就是用不着坚强

2012.11.30 腾讯微博

温暖不是因为季节

在不知所措的时候
有时我们会不由失语
在漫漫人生路上
谁不曾有过颠沛流离

那是一种境界
悠远如清越的竹笛
那是一种企盼
自由似妙思解语

温暖不是因为季节
心寒无关于天气

2012.12.2 腾讯微博

奋斗之光

或是因为深刻

或是因为思想

或是因为创造

或是因为高尚

或是因为改变历史进程

或是因为造福社稷　功德无量

总有一些人

闪烁在人类历史的星空上

是啊

这名牌　那名牌

何牌能比　自身就是名牌

这闪光　那闪光

何光能胜　奋斗之光

2012.12.7 腾讯微博

最喜无欲一身轻

有满腹心事
不知说与谁听
闻荷风　过凉亭

有太多忙碌
难得几回逸致闲情
享筝弦意境

月下芭蕉石上影
石下流水向鸂鶒
最喜无欲一身轻
强似那
不是清白说清白
纵有才　不由衷

2012.12.21 腾讯微博

君不伤我谁能伤

在渔舟唱晚的时候
思念是最美好的时光
仿佛四月的花朵
开得那么嚣张

此时
不想飘扬　只想深藏
如今
君不伤我谁能伤
情如覆水　念若重洋

2012.12.28 腾讯微博

满庭芳
——贺中国艺术研究院建院六十周年

　　斜水横山，淡花疏草，损折多少精神？六十年过，甘苦化一樽。历历峥嵘往事，谁能忘、烟雨纷纷。凭何数，莘莘学子，盼立雪程门。

　　邀君，当此际，铺宣布阵，落笔成军。写千里江山，最美时分。真的不应有恨，该念到、冬浅春深。临高望，云飞霞舞，落日映黄昏。

2012年第1期《艺术评论》杂志

江宁府

晋武南巡命江宁

绿水黄云看不赢

谁人到此不诗兴

唤起江山万古情

2012 年创作

五莲山

五莲峰秀气势雄

不输雁荡当是赢

莫道看山不相思

只知今日已痴情

壬辰（2012）年创作并书

境界

心涌激情笔生花

寻经一路到天涯

何为人生真境界

琴棋书画诗酒茶

壬辰（2012）年创作并书

岳飞

明知情深易伤还深情

山河之恋哪有轻

痛总是为故国

惜总是为英雄

想那千古岳武穆

独木偏支大厦将倾

出师未捷身先死之痛

是功败垂成之痛

青山有幸埋忠骨之痛

是痛彻心扉之痛

思那军神中的军神

令多少百姓的泪水

从宋流到今

从夜流到明

只是　只是

只要人间有秦桧

何处没有风波亭

2012 年

146

纸扇休怨夏已过

这是我要的生活
像流水一样自然　清澈
既不会嫉妒别人
也无需别人羡慕我

世上本多红尘事
看破红尘又如何
纸扇休怨夏已过
秋叶又去向谁说

2013.1.6 腾讯微博

长恨人生百十岁

沐风听雨忆从前

从前未远梦已残

轻舟一棹江水远

心底事多波浪宽

长恨人生百十岁

寻她竟要千万年

2013.2.12 腾讯微博

148

幸福，不是获得的多

有许多失意
是因为高估自己
有许多满足
是因为清心寡欲

幸福　不是获得的多
而是能够不断争取
痛苦　不是得到的少
而是因着生死永隔的距离

生活是题
未来是谜

2013.2.23 腾讯微博

结束便是开始

因为欲望或者无奈

有许多颗疲惫的心

放置于命运的股市

梦想中的彩霞满天

不知遁向何方

迎来的总是

跌跌不休的暗无天日

打破了的平静

该如何收拾

无处安顿的灵魂

幻想着来世

陷落的城池

已然难以维持

惊雷响自无声

结束便是开始

2013.3.10 腾讯微博

大爱懂得放手

丰盈的海棠

也会枯萎消瘦

海誓山盟的约定

有时　真的禁不住春秋

鱼死网破的冲动

从来不是一种享受

曾经的美好

何必让它一地狼藉

你该扼住的不是曾经的爱

而是命运的咽喉

大爱懂得放手

予己释怀　予人自由

2013.3.14 腾讯微博

不敢说出的表达

总不想长久的咫尺天涯

又怕一语道破

反成了风吹落花

望水中夕阳下的古塔

思何时可挽

那脱尘出世的绝代风华

铭刻　不仅是过目不忘的号码

更是最想却不敢说出的表达

一样纠结　万千人家

原来并非容易

织就一个令人动容的童话

2013.3.23 腾讯微博

2014.10《秋水诗刊》

爱，是能把欲望收藏

一个秋
便能让满眼的葱郁荒凉
一个眼神
便能让一颗炽热的心不再滚烫

远远望去
人们看到的是前行的船
有谁注意那划动的桨

喜欢　是忍不住张望
爱　是能把欲望收藏

2013.5.31 腾讯微博
2014.10《秋水诗刊》

整个的楼兰

任你弱水三千
我手中的一瓢
便是整个的楼兰

我不敢背弃当初的诺言
是害怕后来的一切
变得那么不堪

人贵在安宁的生活
凭什么让别人的一根鱼竿
却把自己静谧的水面搅乱

2013.8.4 腾讯微博
2014.10《秋水诗刊》

有一种从容

青梅无关沉香

因缘记住过往

那些过往的日子

有时亭台　有时苍茫

请君莫笑从前

谁个年少不轻狂

马蹄踏霜月色响

激情如卷亦如浪

真羡慕秋风的淡然

一种从容　扫落万千花样

2013.9.12 腾讯微博

2014.10《秋水诗刊》

桂树　桂花

树满城　花满山

绿叶能够让希望升起

繁花可以把热情点燃

桂树　桂花

赞美你

何须万语千言

你自身就是

至高无上的桂冠

2013.11.9 腾讯微博

2014.2.7《光明日报》

赤壁

自古用兵全在奇
遥想当年周郎披战衣
雄才偏遇英雄敌
便留下满江情怀
半山烟雨

从来
坚硬不如坚毅
险阻亦可险取
何妨再借东风
展身手
谱写今天的传奇

2013.11.16 腾讯微博
2014.2.7《光明日报》

翠微峰 ^①

喜欢你的独特

喜欢你的峥嵘

喜欢你的陡峭

喜欢你的山径

哦　翠微峰

总觉得

海没有波涛

心便无法汹涌

总觉得

山没有险峻

便不值得攀登

哦　翠微峰

向往攀援

是因为不甘于沉寂

---

① 翠微峰在江西宁都。

奋力向上

因为这是追求者的宿命

——啊　翠微峰

2013.11.21 腾讯微博

咸宁

有一种风光
过目难忘
有一种情感
别亦是伤
有一河温泉
微波荡漾
有一座城市
满城皆香

香城满城皆香
从此不识芬芳

2014.2.7《光明日报》

无题（五）

春天总是那么柳绿花红　风情万种
不由疏远了刚刚的霾重风轻　雪寒冰冷

看多了世间沉浮
渐渐变得波澜不惊
非我超然　非我从容
我醒只是因曾经深迷
我悦只是因曾经极痛

2014.3.19 腾讯微博

无题（六）

炭也不能总是燃烧

日子平淡就好

有一种成功或许更重要

比如总不见老

何必翻云覆雨

何必勾心斗角

活得累　怎么可能活得美妙

蚕儿做茧　鸟儿做巢

人生贵在心儿能够逍遥

淡点名　淡点利

深了笑容　浅了烦恼

2014.4.2 腾讯微博

无题（七）

即便尊贵高雅如奇楠
即便千载难求似蜜蜡
也会遇有眼无珠
也会逢有声嘈杂

其实　许多时候
最好的回答是不回答
时间自会
让嘲讽成为嘲讽
让笑话成为笑话

2014.4.9 腾讯微博

无题（八）

走不出阁楼

便走不进春秋

有时　栉风沐雨

也能成为一种享受

登高望远的境界

并不是谁都会有

总能当之无愧

是因为早已懂得了害羞

一部《三国》

说的岂止是曹刘

能飞不如乘风

会泳怎敌顺流

2014.6.12 腾讯微博

十里蓝山

水映树　花映天

我眼里的十里蓝山

赞复赞　叹复叹

我心中的十里蓝山

聚难聚　散难散

我梦里的十里蓝山

还是那天涯海角的过往　十里蓝山

还是那百转千回的流年　十里蓝山

2014.7.12 腾讯微博

美林湖

在缺少诗的时候
这里是产生诗的地方
这里的风也绿
这里的空气也香
这里林木的枝头绽放憧憬
这里的湖水中闪烁月亮的光芒

天堂太远
这里不是天堂却胜似天堂

2014 年

武清南湖

从来健笔意飞扬

好景难压好辞章

南湖波影羞诗画

风光总比风雅强

2015 年《京津·高村科技创新园》台历

读史

承平日久
便容易多几分戾气
不居安思危
更添了些文恬武嬉

纵舞低杨柳
有几人能会意宫商角徵羽
看歌尽桃花
又有谁留意那繁花似锦后的危机

如此这般　有一日
没了东篱
何处去采菊
见了南山
只怕南山已在狼烟里
家国事　从来不容易
时在风云中　运在际会里

2014.10.24 腾讯微博

有你　才是生活
——和一位年轻朋友的诗

哭几何

笑几何

理想几何

爱几何

恨几何

都是折磨

有你

才是生活

没你

只是活着

2014.11.2 腾讯微博

现象之一

容颜不是琥珀
恒久闪烁诱人的光泽
知道　却无可奈何
常常是人前欢笑　人后落寞

掩得了的是喜怒哀乐
掩不了的是内心失落

不是我任岁月蹉跎
而是无人让我心折

2014.11.15 腾讯微博

回忆

尽管有时

会如一支洞箫在秋风里落寞

尽管有时

哀伤会似雨水在大地上溅落

只是　困顿时从不改执着

只是　即便心如死灰也总能复活

冷嘲像冬

却给了我清醒的头脑

热讽像夏

却给了我健康的肤色

我不仅要活出精彩

而且要让精彩为我而活

2014.12.21 腾讯微博

无题（九）

你想让我哭

我却偏要笑

每一次低我

总使我更高

溢美似露珠

诋毁是肥料

风吹树更长

雨过山愈姣

2015.1.7 腾讯微博

图书在版编目（CIP）数据

汪国真全新作品集 / 汪国真 著. -- 北京 ：作家出版社，2017.7（2022.10重印）

ISBN 978-7-5063-9611-0

Ⅰ. ①汪… Ⅱ. ①汪… Ⅲ. ①诗集 – 中国 – 当代 Ⅳ. ①I227

中国版本图书馆CIP数据核字（2017）第186371号

汪国真全新作品集

作　　者：汪国真
统　　筹：张亚丽
责任编辑：秦　悦
装帧设计：语可书坊·于文妍
出版发行：作家出版社有限公司
社　　址：北京农展馆南里10号　　邮　　编：100125
电话传真：86-10-65067186（发行中心及邮购部）
　　　　　86-10-65004079（总编室）
E-mail:zuojia @ zuojia.net.cn
http://www.zuojiachubanshe.com
印　　刷：三河市紫恒印装有限公司
成品尺寸：125×188
字　　数：70千
印　　张：5.75
版　　次：2017年8月第1版
印　　次：2022年10月第4次印刷
ISBN　978-7-5063-9611-0
定　　价：39.80元